MON VOYAGE IMMOBILE

Ou comment le monde se retrouva dans ma cuisine.

MON VOYAGE IMMOBILE

Ou comment le monde se retrouva dans ma cuisine

Gwenn Grail

© 2022 Gwen Grail

Couverture : Dragonfly Design

Édition : BoD – Books on Demand, 12/14 rond-point des Champs-Élysées 75008 Paris

Impression : BoD – Books on Demand, Norderstedt, Allemagne

Dépôt légal : mars 2022.

ISBN : 9 782 322 251 377

Tous droits réservés.

Les grands voyages ont ceci de merveilleux que leur enchantement commence avant le départ même. On ouvre les atlas, on rêve sur les cartes.

Joseph Kessel

1 – Préparatifs

Le jour venait de se lever. Un soleil insolent se glissait au travers des persiennes. Sept heures. Bien qu'encore tôt, il était temps de sortir de mon lit. Prendre ma douche et boire mon café constituaient mes priorités. J'avais rendez-vous dans deux heures avec Mélanie, ma meilleure amie, et pour une fois, j'allais essayer de ne pas être en retard. Je m'affairais donc devant mon armoire pour me trouver une tenue joyeuse. Pourquoi joyeuse ? Parce qu'aujourd'hui, j'allais fixer les derniers préparatifs d'une soirée que je voulais inoubliable : mon anniversaire. Cinquante ans. Un sacré cap pour moi qui avait encore l'impression d'en avoir juste quarante. Bref, la journée s'annonçait riche. Ce samedi de juin était très chaud et j'optais pour un ensemble en lin beige, deux belles boucles d'oreilles, un joli foulard, un chapeau et mes baskets. Le temps d'attraper mon grand sac préféré et me voilà partie. Un quart d'heure plus tard, j'étais à la terrasse du café de la place, avec Mélanie et à l'heure.

Je connaissais Mélanie depuis plus de trente ans, nous nous étions rencontrées alors que je passais mon bac, elle travaillait à l'époque comme réceptionniste dans un grand hôtel-restaurant où mon petit ami de l'époque faisait son stage. Âgées de cinq ans de plus que moi, nous avions sympathisé. À force de rencontres, nous étions devenues inséparables. Elle était indépendante, avait vécu à Londres, était spontanée et aimait faire la fête. Cela m'avait suffi. Au fil des années, nous étions toujours restées en contact, nous revoyant au moins deux fois par an, mais nous appelant régulièrement. Elle était la « grande sœur » que je n'avais jamais eue. Elle était venue passer le week-end chez son frère à une heure d'ici. Bref, j'étais ravie qu'elle puisse être là avant le jour J.

Dans un mois, la fête, « ma fête » aurait lieu dans un très bel endroit, un endroit magique. J'avais tout prévu, tout réservé, pour que cela soit extraordinaire. Du décor aux plats en passant par les animations, j'avais réussi à concrétiser mon rêve.

Après avoir bu le café ensemble, Mélanie m'accompagna pour rencontrer le professionnel sur le site, pour les derniers réglages. Je souhaitais avoir Mel avec moi. Les propositions du fleuriste à la fois modernes et romantiques m'avaient tout de suite charmée : les pivoines, les roses et autres fleurs blanches et jaune pâle s'étaient approprié les décors de tables. Il m'avait également proposé d'offrir une broche « fleur » à chaque participante. Nous nous retrouvâmes à l'entrée du château ou plutôt une très belle demeure médiévale, en pleine ville. À peine entrées, l'atmosphère spéciale de la bâtisse transpirait, apaisante, magique. Après avoir franchi un premier escalier, nous atterrissions dans une salle de restaurant qui s'ouvrait sur une grande avancée extérieure. La question du jour était de savoir si nous mettions en place une arche avec des roses pour faire la transition entre les salles et l'extérieur, ou si nous allions mettre plusieurs rosiers à chaque bordure de terrasse. Après plusieurs essais, nous optâmes pour les deux. Après tout, je voulais que ce soit « mémorable », inhabituel et jamais fait ici avant.

À la fin de la matinée, tout était calé. Mélanie et moi, nous décidâmes d'aller bruncher dans un café au coin de la rue. L'après-midi s'enchaîna sur le programme des animations et quand la nuit tomba, je fus la première surprise de la vitesse à laquelle la journée était passée.

2 – Noah

Il m'avait bien laissé plusieurs messages et quelques SMS dans l'après-midi, mais j'avais complètement oublié l'heure. Si bien que j'ai dû abandonner Mélanie précipitamment. Je devais le retrouver et absolument passer chez moi pour me changer. Il m'avait prévu une surprise.

Vous savez ce que sont les surprises quand on a passé quarante ans. Non ? Eh bien, n'importe quel bon moment « en bonne compagnie » : un film, une pièce de théâtre, une expo, un verre ou un repas me ravissaient tout autant.

Vingt heures, il sonne, depuis le temps, il a la clé, il pourrait rentrer, mais non. Il attend que je vienne lui ouvrir. C'est donc en peignoir que je le reçois. Il me sourit, alors qu'il voit bien que je ne suis pas prête. Son magnifique sourire qui me donne toujours l'impression d'être unique au monde, quel bonheur ! Je l'embrasse furtivement, approfondissant notre baiser, plus langoureusement, avant de lâcher : « On a tout le temps, ma chérie. » Lui, c'est Noah, tout simplement.

Que répondre à ça, si ce n'est que j'avais vraiment bien fait d'accepter de le revoir. Cela faisait déjà un an que nous étions ensemble. Il faut dire qu'après tout ce qui m'était arrivé, je ne voulais plus voir personne et surtout pas un homme. Avec patience, cet ami d'enfance était revenu vers moi, cet ami d'adolescence plutôt. Ce qu'il y avait de magique, c'était qu'il ne me reprochait jamais rien. Il était toujours agréable, incroyable. Alors que pour la gent masculine j'avais toujours été considérée comme une chieuse de service.

Je vous parle de son sourire, mais je pourrais m'attarder sur chacune des parties de son autonomie, ses yeux bleus, ses mains de musicien fortes et délicates à la fois, sa carrure d'ancien nageur, un homme au charme fou. Je remerciais le ciel tous les jours des moments que je pouvais partager avec lui. J'étais amoureuse, un peu folle sans doute, mais heureuse.

Ce soir, c'était le grand jeu, robe noire et talons hauts, nous sortions au théâtre, nous allions voir un classique : « Antigone », mais même si je connaissais la pièce par cœur, et lui aussi, nous y allions pour partager nos émotions dans le noir. Aucun homme n'avait été autant sur ma longueur d'onde, nous n'avions pas besoin de parler, nos mains serrées se transmettaient tous les sentiments qui nous traversaient, c'était magique. La soirée terminée, nous rentrâmes vite à la maison, le champagne nous attendait au frais. Nous préférions manger après nos sorties. Nous trinquions encore à la soirée en picorant dans notre cocktail dînatoire, puis comme à notre habitude, nous montâmes nous coucher, profitant encore de notre désir l'un pour l'autre.

Quelle drôle de vie, nous ne nous étions pas revus pendant plus de vingt ans et bizarrement, nous nous étions retrouvés à Paris, un jour de grève, à chercher un taxi. Il revenait du Kenya, d'une tournée. Au milieu de la grisaille parisienne, il avait rallumé ma vie. Moi, mon mari avait quitté cette terre accidentellement deux ans plus tôt et je ne vivais plus que pour ma fille, lui rendant visite tous les quinze jours. Toulouse – Paris – Toulouse.

Noah vivait sur Paris, il était devenu concertiste et avait intégré l'orchestre national, il avait été marié, mais n'avait pas eu d'enfants. Sa femme avait souhaité qu'ils vivent « librement » au bout de vingt années de vie commune. Il n'avait pas bronché, ils ne voulaient pas se faire de mal et se déchirer, c'est pourquoi ils avaient laissé leurs obligations professionnelles diriger leurs vies.

Elle était sculptrice, décoratrice d'intérieur, elle voyageait tout le temps, ils ne se croisaient presque plus, aussi, quand une opportunité s'était présentée à lui de rejoindre l'Orchestre du Capitole, il avait tenté sa chance et avait intégré l'ensemble quelques mois plus tôt seulement.

Il avait toujours souhaité revenir dans le Sud pour ses « vieux jours » comme on dit. Je n'avais jamais rencontré sa femme, mais ce ne fut pas une rencontre difficile, je l'avais croisée à l'aéroport de Toulouse. Nous n'échangeâmes que quelques mots, elle voulait qu'il soit heureux et m'avait simplement dit qu'il le semblait davantage avec moi. Elle était repartie tranquillement pour Tokyo avec son staff qui la badait. Bref, aujourd'hui, il était avec moi et le reste m'était égal. Je me préparais à vivre avec lui au moins une décennie, si cela nous était permis. Mais avec la vie, on ne peut jamais savoir.

Notre fin de semaine se déroula magnifiquement bien, il répétait ses morceaux au piano, me donnant ainsi la joie du voyage immobile. Bercée par les gymnopédies d'Erik Satie, je sentais que tout mon être était transporté dans un ailleurs de l'intérieur, vers une paix limpide. Avec Noah, j'expérimentais la douceur de vivre. Tout pouvait s'écrouler, j'étais détachée de la vie terrestre.

Il m'en avait fallu du temps et j'en avais fait des erreurs, des sacrifices inutiles avant d'oser devenir moi-même. Il en avait fallu du temps pour que je me détache de tout ce que je croyais vouloir et qui une fois obtenu ne m'apportait aucune satisfaction réelle.

Comprendre que j'étais ma plus grande ennemie fut très difficile. Heureusement, les accidents de la vie, les morts et les mouvements imprévisibles m'avaient permis d'évoluer, d'accepter que je ne serais pas ni aujourd'hui ni jamais la femme que j'avais rêvée d'être lorsque j'étais enfant.

3 – Luc

Il faut dire que dès mon plus jeune âge, j'avais été fascinée par mon oncle : Luc. C'était le frère aîné de mon père, il était reporter photographe. Il apparaissait régulièrement dans ma famille tranquille, toujours de manière inattendue et en « coup de vent ». Il était de passage. Il ramenait tout le temps des histoires extraordinaires, des anecdotes et des photos magnifiques.

Je considérais ses petits cadeaux comme « magiques », il me faisait rêver.

Il m'avait ainsi donné le goût pour les voyages, l'Ailleurs, les autres cultures, les pays lointains. Il faut dire qu'il apportait de la joie dans notre maison, il illuminait ma vie d'enfant unique, sage et banale au quotidien.

Il m'avait promis de m'emmener avec lui, quand j'aurais dix-huit ans.

Chaque année, je complétais ma collection de cartes postales. À travers lui, ma vie devenait palpitante. La seule chose que je ne compris que vers mes dix ans, c'est qu'il était reporter de guerre.

À chacun de ses départs, il me disait de bien profiter de la chance d'être née en France, de continuer à bien travailler à l'école. Il terminait toujours en me conseillant de bien « savourer » ma vie d'enfant.

Grâce à lui, j'étais devenue une fille intéressante à l'école, ma collection de cartes postales avait attiré toutes les convoitises.

J'étais si fière d'être sa nièce. Je me demandais comment mon père pouvait être son frère. Ils étaient si différents.

Malgré cela, ils s'aimaient sincèrement, se respectaient. Je pense qu'ils s'enviaient l'un l'autre pour leurs vies respectives.

Ils avaient perdu leurs parents alors qu'ils n'avaient que dix-huit et vingt ans, ils venaient juste de commencer leur vie professionnelle. Ils s'étaient beaucoup soutenus, je ressentais leur affection.

Ma mère était plus effacée, elle admirait son beau-frère, mais n'aurait jamais quitté le plancher des vaches. Elle était fille d'un couple de médecins de campagne, elle était devenue logiquement institutrice, c'était dans les années soixante.

Malgré son ouverture d'esprit et son intelligence, elle avait une peur bleue des avions. Ce qui expliqua nos vacances françaises et espagnoles durant toute mon enfance : plage, campagne, montagne.

Elle se maria jeune à mon père, banquier. C'était une belle femme, instruite et, en plus, « une cuisinière hors pair ».

Le seul grand voyage que je fis avec mes parents fut notre déménagement. Nous ne parcourûmes alors même pas mille kilomètres, partant de Paris, nous nous installâmes à Albi après le drame.

C'est la télévision qui nous annonça la mort de Luc. Le téléphone sonna seulement quelques minutes après les gros titres du journal.

Une prise d'otages avait mal tourné et avait causé la mort du journaliste reporter bien connu, Luc Garamond.

Tué par une balle perdue. Je me souviens du regard vide de mon père lorsqu'il entendit son nom et encore plus de son attitude robotisée quand il répondit au téléphone.

Nous nous étions alors retrouvés tous les trois pour nous serrer dans nos bras, pleurant à chaudes larmes. Hagards.

Je ne sais plus combien de temps cela dura. Je ne me rappelle pas l'enterrement. Je me souviens juste que nous fûmes tristes de longs mois. Et puis un jour, mon père rentra à la maison et annonça au dîner que nous allions déménager, sa demande de mutation ayant été acceptée. « Nous allions nous donner la joie d'un nouveau départ ». Telle fut sa phrase.

C'est donc ce jour-là, le jour de la mort de mon oncle adoré, que je me suis promis de faire un jour le tour du monde, d'aller dans les pays où il avait mis les pieds. Je gardais ce secret et cette conviction intime que même si cela prenait du temps, peu importe comment, je le ferais un jour, pour lui, pour moi.

M'inventant une date butoir fatidique de l'avoir réalisé pour mes cinquante ans. Je considérais alors cet âge comme canonique.

4 – Moi

Je mis longtemps à accepter que ce ne fût plus la mise en lumière ou l'exposition qui donnait de la valeur à une existence. Accepter que le silence soit finalement plus enrichissant que le bruit d'une foule entière. J'avais l'impression d'avoir été à contre-courant toute ma vie, à combattre pour avancer alors que je n'étais pas dans le bon sens, que je luttais contre des éléments plus forts que moi dans une société injuste et fourbe.

Moi, Gloria, j'avais grandi dans la banlieue d'une grande ville puis à l'âge de dix ans, ma famille avait déménagé dans le Sud après la mort de mon oncle. Après mon bac, j'avais choisi un cursus en fac de langues qui n'avait pas abouti, j'avais décidé de prendre une année sabbatique et de m'assumer financièrement. Cette décision m'avait attiré les foudres de mon père et me brouilla quelque temps avec mes parents. Heureusement, étant bien entourée, j'ai pu faire des tas de choses totalement différentes. J'avais voyagé, comme j'en rêvais, en travaillant pour le Club Méditerranée pendant quelques saisons et j'avais pu assouvir mon goût des voyages… Avec des « si », j'aurais continué, mais il fallait exercer un métier sérieux. Ce fut la raison pour laquelle je renonçai à cette vie, et donc aux voyages, juste avant la trentaine.

J'étais revenue vers mes parents, souhaitant faire les choses bien. Je sentais qu'il me fallait changer pour espérer une vie plus stable, une vie de famille. Je devais me poser.

Je m'étais toujours adaptée au contexte. C'est donc naturellement que je fis un mariage simple, une fois mes trente ans passés.

5 – François

J'épousai François, un homme adorable qui répondait à toutes mes attentes : fiable, honnête, gentil, aimant et qui aimait voyager. Il ressemblait à une photo de mode, bel homme brun, aux yeux noirs, il avait tout pour lui.

François était responsable d'une agence de voyages, le rêve non !

Je l'avais rencontré à son comptoir alors que je cherchais à échanger un billet d'avion pour Barcelone. Nous avions sympathisé naturellement et partagé le récit de nos vies, immédiatement complices. Il était si attentionné et gentil qu'il devint d'abord mon ami, mais assez rapidement nous décidâmes de nous installer ensemble.

François était plus âgé que moi et voulait fonder une famille, j'en avais aussi très envie. Après deux ans de vie commune, nous décidâmes de nous marier. Le mariage civil se fit en mai et je tombai enceinte dans la foulée. Notre fille, Emma, arriva et le temps fila sans que je réussisse à y caser un tour du monde.

Nous avions construit notre vie, voyagé, mais sans jamais dépasser la Méditerranée.

Lorsque nous nous étions installés ensemble, j'avais pris des postes d'accueil et de secrétariat, stables. Et lorsque j'eus Emma, je considérais alors ces postes comme alimentaires, ma joie était d'aller chercher ma fille à l'école et d'être avec elle tous les mercredis. J'avais renoncé à toute ambition, toute carrière, préférant mon foyer. C'était mon choix et cela me rendait heureuse. Je me disais que je verrais bien quand elle aurait fini ses études.

6 – Tic-Tac

Un jour, mon corps craqua, à force de le faire fonctionner à l'envers sans le savoir, il s'était rebellé, me donnant des alarmes de plus en plus bruyantes pour que je l'entende.

Devinez ce qui se passa. Un matin, je n'entendis plus mon cœur battre pendant quelques minutes, bloquée sur place, transpercée par une douleur si vive qu'elle me stoppa nette. Je fis un infarctus. Cela changea ma vie.

Quand je me réveillai, il s'était passé dix jours. Dix jours où ceux qui m'aimaient avaient tremblé de me voir partir. Dix jours où ils avaient cru que j'allais mourir, que je ne les serrerais plus jamais dans mes bras ni ne rirais plus jamais avec eux.

Pour moi, cela m'avait semblé n'avoir duré qu'une nuit. Le destin m'avait fait un pied de nez. Me volant dix jours juste pour me remettre sur le bon chemin. Oui, il avait fallu cette fracture pour que je réapprenne à vivre correctement. Avec du recul, je compris mieux pourquoi, quelques années plus tard, je choisis de vivre avec Noah, un pianiste classique.

J'étais un piano mal accordé qui avait été abandonné faute de n'avoir trouvé sa place sur scène. C'est quand je dus réapprendre le quotidien, la respiration, la marche que réapparut mon tempo. Durant ma période de réadaptation, la musique m'avait donné la force de combattre. Ma vie redevenait une partition avec des notes, des soupirs et des silences qui donnaient encore plus d'épaisseur à ce qui résonnait en moi. Je trouvais enfin mon désir de vivre pleinement.

J'avais survécu à moi-même. Comment peut-on se faire vivre cela ? Comment cette société, ce monde, pouvait-elle permettre à l'homme de se détruire autant ? Comment m'étais-je tuée à petit feu ?

Je ne voulais pas répondre à toutes ces questions qui faisaient si mal et que l'on traîne depuis l'enfance, en pensant très fort que si on ferme les yeux, elles n'existent plus. Héritage de famille, casseroles empoisonnées que l'on n'assume pas.

Il m'avait fallu un an pour me remettre, c'est jeune quarante-six ans pour un infarctus. Comme si l'usure d'un cœur était proportionnelle à son nombre d'années. J'avais à l'époque, rencontré un jeune patient de dix-neuf ans, en centre de rééducation, là, c'est jeune, non ? Cela m'avait réveillée.

Stupides êtres humains que nous sommes parfois devant la maladie. Cette crise cardiaque m'avait fait comprendre que je ne devais plus continuer ainsi, qu'il fallait changer de vie. Je le voulais tant que finalement, cela avait remis les choses à leur place, naturellement. J'avais enfin acquis le droit idiot aux yeux du monde de vivre ma vie, de vivre tout court, la vie que j'allais choisir et non celle que je subissais depuis tant d'années sans me l'avouer. J'avais la plus belle excuse du monde, j'avais failli mourir.

J'étais une « Miraculée ».

J'adorais ce nouveau titre qui faisait de moi une héroïne. Lorsque j'eus réalisé ce qui m'était arrivé, je me promis de ne plus accepter aucune contrariété. J'avais décidé de reprendre la liberté que l'on m'avait volée. De ne plus faire que ce dont j'avais envie. De libérer la hippie qui était en moi. Oui, je voulais ne prendre le quotidien que du meilleur côté possible. Je me surprenais à rêver de partir. Mais parfois, la vie vous joue des tours.

7 – La vraie vie

Quand mon employeur m'avait proposé une rupture conventionnelle, je l'avais acceptée avec soulagement.

— Gloria, ma chérie, je ne te comprends pas, je sais que ce n'est pas l'argent qui va nous manquer, mais comment vas-tu occuper tes journées si tu ne travailles plus ? m'avait dit François à l'époque.

— T'en fais pas, j'ai des idées…

Oui, j'étais peut-être un peu folle et j'adorais cette folie. Je me comportais alors comme une enfant gâtée : « je fais ce que je veux, j'ai survécu, je suis une miraculée ». Combien de fois m'étais-je prononcée cette phrase intérieurement ? C'était ma meilleure parade, mon plus grand succès. Je pouvais enfin être moi. Libre. Mais qui étais-je vraiment ?

Je m'étais tellement épuisée à devenir celle que l'on voulait que je sois. Je ne savais même pas qui j'étais. Je tenais mon excuse. J'avais dû me perdre de vue après mon mariage, au moment où j'avais fini par bien rentrer dans le moule. À force de croire qu'il fallait cocher une check-list pour valider une certaine réussite féminine dans notre société française. Une femme instruite, mariée, qui fonderait une famille, un idéal tout tracé, si en plus vous pouviez ajouter un peu de charme ou de beauté, le tour était joué : réussite assurée. Tout cela était faux.

Quelle folie de croire que faire comme tout le monde était une chose facile. Pour ma part, en avançant sans m'accrocher à rien, sans rien prévoir pour le lendemain, sans se soucier de trouver « quelqu'un », renoncer à ma liberté avait été très compliqué. Que de modèles « ancestraux » pour la classe populaire dont j'étais issue qui croyait que la condition féminine changerait, non, elle allait empirer.

Je n'avais pas vu tout de suite que je me faisais violence, comme lorsque l'on porte des chaussures neuves en cuir et qu'elles doivent se faire à nos pieds. Oui c'est ça, j'avais dû m'y faire.

Mais de manière régulière, le malaise revenait. Le sentiment de ne pas être à ma place. Je rêvais d'ailleurs. Vous savez : comme un petit caillou dans la chaussure. On marche avec, malgré l'inconfort. On avance quand même jusqu'au jour où l'on s'arrête, pour enlever le caillou et là, tout change. En fait, tout cela m'avait amenée à envisager de prendre un autre chemin et surtout à repenser sérieusement à préparer mon grand voyage autour du monde.

8 – La mort de François

Après quelques mois de liberté et de convalescence, je m'aperçus que la reprise de la vie d'avant m'était devenue difficile. J'optais pour des occupations plus solitaires : lecture, musique, broderie et jardinage. Mes amies furent patientes et petit à petit, je revins à la vie sociale. Ma fille, déjà grande, faisait ses études à l'étranger et réussissait donc, je me disais que tout allait bien.

Et puis, un matin, ce fut le choc. Alors que mon mari était parti depuis moins d'une heure, le téléphone sonna et ma vie s'écroula une seconde fois. C'était la gendarmerie qui me demandait de les rejoindre aux urgences, mon mari avait eu un accident de voiture et était dans un état grave, je devais venir au plus vite.

Abasourdie, j'avais la sensation de prendre une douche glacée, j'étais en panique. Je décidai d'appeler immédiatement ma fille et ma meilleure amie, je savais que je n'y arriverais pas seule. J'avais raison.

Tout le monde était très gentil et attentionné. Quel sale tour la vie, je vous dis ! Mon compagnon de toujours était là, allongé sur un lit, devant moi, appareillé de partout, ressemblant à une momie tant les pansements et bandages contenaient son corps. J'eus le souffle coupé et mes jambes vacillèrent, j'étais perdue, impuissante face au destin. Mon cher époux avait été victime d'un accident de la route au petit matin.

Pourquoi ? Moi qui le croyais éternel, immortel, je pensais tellement que ce serait moi qui partirais avant lui.

Je ne sais plus très bien comment se passèrent les semaines qui suivirent. Il ne revenait pas, il n'arrivait plus à respirer seul. Il me fallut alors prendre la décision. La terrible décision dont nous n'avions parlé qu'à demi-mot de son vivant. La décision d'accepter de le laisser mourir dans la dignité. Ce fut une torture.

Heureusement, ma fille très intelligente et sensible me raisonna en me disant qu'il aurait fait pareil pour moi si j'avais été à sa place. Mais là, c'était moi qui devais décider et avancer vers le deuil, son deuil.

Tout se passa très vite, le choix du cercueil, la préparation de la cérémonie, la messe. En une semaine, tout fut terminé et je me retrouvais seule dans cette maison vide. Je ne sortais alors plus de mon lit pendant des jours, des mois, saoulée et assommée par les somnifères. Je ne voulais plus faire que dormir.

Qu'allais-je bien pouvoir faire ? Avec qui allais-je parler ? Comment rythmer mes journées ?

Je devins l'ombre de moi-même. Automate.

Comme après la mort de mes parents qui bizarrement moururent ensemble. Un retour de vacances, un quatorze juillet sur les routes espagnoles, la nuit. Ils étaient morts sur le coup. Heureusement que François avait été là, il avait tout géré tandis que j'étais en état de choc. Traumatisée par cette injustice et brisée par le fait que je ne pourrais plus jamais les tenir dans mes bras, les entendre, les voir. Pourquoi ?

À cette période, il me fallut un mois avant de rouvrir mes volets et d'accepter de revoir le soleil. Nous étions en pleine canicule et le mois d'août tirait sur sa fin, je devais me reprendre pour Emma et François. Le chagrin ne me quitta pas, mais là, François. C'en était trop.

J'étais seule, triste et perdue, je me mis en hibernation.

9 – Renaître

Et puis un jour, à force d'insister, ma fille chérie et ma meilleure amie me sortirent de mon lit et me prirent par la main, me ramenant à la vie. Elles m'offrirent un chat. Cela m'agaça au début, je ne voulais rien. Juste rester tranquille. Je trouvais cela tellement cliché. Mais le chat m'amusa, il apporta du rythme dans ma journée et pourtant, Dieu seul sait combien d'heures il dormait cet animal.

Au début, je dormis donc autant que lui, puis avec les saisons, les jours qui rallongent et le chant des oiseaux, je retournais à mes fleurs. Et puis, obligée de lui assurer un minimum vital, je me remis à me lever pour le nourrir et le reste. Je me surpris à le baptiser : Félix, banal pour un chat, mais tellement vrai dans son cas. Il avait amené de la joie dans ma vie.

Par sa seule existence, Monsieur Félix le chat avait ramené de la vie dans ma maison.

Je me laissai alors inviter, d'abord doucement puis régulièrement. Ce fut si dur au début de sortir sans lui. Revoir nos amis dans des endroits chargés de souvenirs me remuait toujours autant.

Parfois, un simple bruit dans la maison me faisait croire à sa présence. Le vent, un claquement de porte, le bois de la charpente qui craquait ou le vent me laissaient croire qu'il pouvait être là. Enfin, un jour vint où je fis une valise et me mis à partir un week-end par mois chez ma fille, puis ce fut deux.

C'est lors d'une de ces escapades que j'étais retombée sur Noah.

J'avais décidé de ne plus voir trop loin, de peur que… Mais en même temps, je faisais des projets, après tout, j'avais eu de la chance dans mon malheur, comme on dit. J'en avais honte parfois, mais je n'oubliais rien et je remerciais dès lors chaque jour en priant l'invisible à ma façon.

Tout ça pour dire que je voulais sacrément fêter mon anniversaire avec ceux qui étaient encore là.

La fête approchait à grands pas, et je commençais à être nerveuse. Ma fille allait arriver dans quelques jours et je voulais que tout soit parfait.

Quelle ne fut pas ma surprise lorsque je la vis débarquer une semaine plus tôt et accompagnée.

Je fus tellement prise de court et heureuse de l'avoir à mes côtés que je ne lui posais pas plus de questions, du moins au départ. Mais, je me dis sincèrement que je n'aurais pas cru cela possible et qu'heureusement que son père n'était plus là, parce qu'il aurait été carrément déconcerté.

Quant à moi, j'avais déjà fait une crise cardiaque, plus rien ne me choquait vraiment.

Bref, Emma, ma seule et unique fille, était venue accompagnée d'un couple d'amis : David et Hugo, deux très beaux hommes que je pris immédiatement pour des homosexuels. Cliché oblige. Je fus surtout abasourdie quand elle me demanda s'ils pouvaient loger dans le studio, tous les trois. Je n'avais pas voulu comprendre tout de suite que le couple était un trio dont ma fille faisait partie. Décidément, j'étais vraiment à dix mille lieues d'imaginer cela.

J'avais traversé tellement d'épreuves ces dernières années, que finalement, je ne pus que sourire et me dire que la vie était vraiment pleine de surprises.

Noah, habitué des amours libres, ne broncha pas et fut heureux que la maison accueille deux hommes de plus.

Ils étaient artistes aussi et le courant entre eux passa très vite. Les conversations furent passionnantes. Ils avaient tant de projets. Emma les avait rencontrés à la fin de son dernier stage d'études quand ils avaient créé leur marque et les avaient accompagnés tout le long de leur développement. Elle était tombée amoureuse des deux et ne pouvait pas choisir. Alors, elle nous l'avait présenté aussi simplement que ça. Elle m'avait resservi la plus belle phrase du monde : « tu comprends, la vie est trop courte ».

10 – L'anniversaire

Je ressentais les mêmes sensations que celles du jour de mon mariage, c'est dire. Je dus me reprendre à deux fois dans le miroir de l'entrée, croyant apercevoir la silhouette de François. Devenais-je folle ? Je me gardais bien de le dire, ayant peur de passer très sincèrement pour une aliénée et même pire : une vieille démente.

La journée avança : extraordinaire. Je découvris alors les pleurs de joie. Avez-vous déjà pleuré de bonheur ? C'est très déconcertant, vous êtes si heureux que ça déborde. Après avoir cru ne plus pouvoir verser de larmes tant elles avaient dévalé mes joues, aujourd'hui, la joie faisait couler mon mascara.

Je regardais ceux que j'aimais et qui m'entouraient, j'avais mes amis de toujours, d'autres plus récents, mes camarades de lycée et leurs progénitures. Ah, le lycée, la meilleure période de ma vie ! Apprendre, aimer et vivre, tout simplement.

Je fixais alors chaque visage quelques secondes pour les enregistrer dans ma mémoire et rendre ce souvenir indélébile.

Sophie, une autre amie était là aussi, elle filmait et prenait des photos. Mon numéro allait arriver, il faut vous dire que pour mes cinquante ans, j'avais décidé de faire mon récital et Noah m'avait permis de réaliser ce rêve. Ce soir, pour la première et unique fois, j'allais interpréter quelques chansons seule et accompagnée. J'allais aussi un peu mettre l'ambiance comme au bon vieux temps, avec mes danses de village. J'ai toujours été artiste dans l'âme et mon passage dans un célèbre club de vacances m'avait à jamais désignée comme animatrice de la soirée.

Il faut vous dire que je les avais fatigués avec mes danses pendant des décennies. Ce soir-là, j'avais décidé de la « jouer plus calmement » en interprétant « La vie en rose » pour Noah, lui qui était maintenant à mes côtés. Quelques notes s'échappèrent du piano et avant même que j'eusse le temps de le rejoindre, ma fille avait pris le micro et commençait à appeler quelques amis. Elle avait préparé une surprise, voilà pourquoi elle était arrivée en avance. Je vis alors un groupe improvisé se former autour de l'instrument. La nuit tombait et l'on se trouvait à ce moment de la journée que l'on appelle l'heure bleue, entre le jour et la nuit.

Cela rendait le moment incroyable. Ils se mirent alors à chanter « Quand on n'a que l'amour ». Se passant le micro jusqu'à la dernière phrase. Je me retrouvais là, émue. Je fondis en larmes et les remerciai tous chaudement. Il me fallut quelques encouragements après cela pour attaquer ma partie.

Je vécus alors de merveilleux moments, ressentant l'absence de ceux qui n'étaient plus là, mais appréciant chaque présence plus intensément.

J'eus l'impression de franchir un cap. Nous restâmes tous dehors, à dormir sous les étoiles. Nous avions le plus beau ciel de France au-dessus de nos têtes, il suffisait de le regarder.

De grands matelas avaient été disposés et de grandes couvertures douces avec de gros coussins étaient à notre disposition. Après la danse et la fête, Noah interpréta quelques morceaux au piano, Mélanie avait ressorti sa guitare et nous avions chanté jusqu'à ce que le jour se lève. Cette soirée et cette nuit furent comme je les avais rêvées. La journée qui suivit fut douce et ensoleillée. Les au revoir se firent dans l'après-midi du lendemain pour les plus pressés.

Pour les autres, comme nous étions dimanche, le temps coula tranquillement. J'avais l'impression d'avoir vécu un rêve éveillé. Je rassemblais mon courage pour remercier tous les invités du bon moment que nous avions passé ensemble et du cadeau extraordinaire qu'ils m'avaient fait. Nous nous promîmes de nous revoir vite.

Mon cadeau d'anniversaire m'avait tellement surprise ! Imaginez-vous, un tour du monde, j'y avais renoncé et, là, j'en étais restée muette, émue et impatiente.

Une nouvelle semaine commençait, il fallait reprendre le cours de ma vie, de notre vie à Noah et moi. Nous allions préparer ce nouveau projet : un immense voyage. Le voyage dont j'avais toujours rêvé sans y croire. J'allais enfin faire le tour du monde. Énorme. J'allais devoir quitter mes murs et mon chat pour quelques mois. Cette nouvelle aventure était d'autant plus incroyable que dans chaque ville de chaque pays où j'allais aller, j'avais une famille qui allait m'accueillir et ça, c'était extraordinaire. Mes amis y avaient veillé.

La cerise sur le gâteau était que Noah allait partager mon périple et que la fin du voyage se situerait en Laponie où ma fille, ses hommes et Mélanie nous rejoindraient. Bref, j'étais sur un nuage. Comment avait-il pu organiser tout ça sans que je ne soupçonne rien ?

Je me préparais ainsi un programme physique pour être plus résistante (marche, diététique et respiration). Dès la semaine qui suivit, je m'attelais à marcher une heure par jour.

Motivée comme jamais, je me mis à me documenter sur chaque endroit, sur les lieux à voir absolument dans chaque cité que j'allais découvrir.

Je me mis aussi à réviser sérieusement mon anglais.

Dire que je me demandais comment j'allais occuper mes journées, là, je n'arrêtais pas.

J'allais enfin réaliser mon grand rêve, quarante ans que j'attendais. Je pensai à Luc, à mes parents, à François, des larmes roulèrent sur mes joues.

Ce rêve d'enfant allait enfin se réaliser.

J'étais impatiente.

11 – Changement de plan

J'avais tant de mal à croire à ce nouveau bonheur que je ne pus m'empêcher de remercier l'invisible. Il ne me restait plus que quelques mois avant le départ, j'avais hâte. J'étais prête. Une nouvelle vie allait commencer... C'était sans compter l'imprévu, la surprise.

Elle fut de taille. Elle s'appela « Covid 19 ».

Et comme toutes les étapes de mon cadeau avaient été organisées avant la pandémie, je dus faire comme toute l'humanité : changer mes plans.

Comme tout le monde, je savais que la planète souffrait, que nous n'étions pas sérieux. Cela faisait un moment qu'on nous parlait du réchauffement climatique, des gaz à effets de serre. On s'était tellement dit que nous avions encore le temps de voir venir que nous étions loin d'imaginer ce que l'invisible nous réservait.

Après mon anniversaire, en septembre, je m'étais rapprochée de Christine, la responsable de l'agence de voyages. Nous avions revu ensemble les détails du voyage. J'avais construit mon rêve tranquillement, mais sûrement. J'avais donné tous les papiers pour les passeports et commencé la série de vaccins nécessaires.

J'étais motivée. À Noël, un ami des garçons (les amis d'Emma) nous avait fait la remarque d'éviter l'Asie, car ils avaient des connaissances qui leur avaient dit qu'une drôle d'épidémie était en cours. J'aurais dû y faire plus attention. Quand mois après mois, je vis qu'en effet quelque chose de pas « net » se passait en Chine, je ne compris pas tout de suite l'incidence que cela aurait sur ma vie, enfin sur nos vies.

12 – Changer

Cela arriva donc un dimanche de mars, comment aurions-nous pu prévoir ?

Là, sur une fin de week-end, alors que tout le monde s'apprêtait à reprendre une nouvelle semaine.

Un jour où il ne se passe rien. Même Dieu s'était reposé ce jour-là.

Bon, en reprenant la chronologie des faits, c'est vrai qu'on aurait dû s'en douter.

Bizarrement, nous avions déjà eu des alertes sur la santé de notre planète : les canicules, les cyclones, les incendies et les tsunamis, mais cela n'avait pas suffi. Cette pandémie était une chronique annoncée de la fin de la vie d'avant.

Oui, il y eut un changement énorme. Nous fûmes confinés. Imaginez-vous Emma à Paris dans son quatre-vingts mètres carrés avec ses hommes et Noah, sans son orchestre, bloqué avec moi.

On avait suivi les consignes, on était restés chez nous. Surpris d'abord puis agacés. Nous arrivions à sortir faire nos courses et nous nous organisions alors pour croiser « par hasard » nos amis au rayon biscottes.

Nous fîmes des apéritifs « WhatsApp » et je devins accro au champagne voire alcoolique plus du tout anonyme. Mais surtout, je décidais de ne pas me résigner. Cela ne durerait pas toute la vie.

Cela dura deux mois.

Lorsque enfin en mai on se déconfina, je n'eus plus qu'un objectif : partir en voyage. Mais avant, je devais voir Emma. Après une centaine de visioconférences, je l'avais trouvée pâlichonne et m'inquiétais pour sa santé.

Je lui ai proposé de venir avec ses compagnons pour une semaine. Ils avaient tous adopté un nouveau système : le télétravail, alors travailler à Paris ou chez moi, cela m'aurait permis de les revoir et à eux, de changer d'air.

Je n'eus pas de réponse immédiate.

Deux jours plus tard, elle m'annonça qu'elle viendrait seule.

Je ne fis aucune remarque et fus heureuse de sa décision.

Je verrais bien quand elle serait là.

Parallèlement à ça, je ne perdais pas de vue que mon tour du monde m'attendait.

Malheureusement, l'agence de voyages de Christine était fermée, il n'y avait plus que des contacts par Internet. Lorsque je pus enfin lui parler de vive voix, elle m'indiqua que mon voyage devait être reporté, car tous les vols ne reprendraient pas et que de nombreuses destinations n'étaient plus accessibles. Le monde était malade.

Je me demandais bien comment j'allais retrouver un nouveau souffle. Ces deux mois avaient rendu Noah un peu distant, il s'était réfugié dans l'écriture d'un opéra. Il s'était attaqué à son rêve comme il me le disait. Du coup, c'est le mien qui avait fondu comme neige au soleil. Je perdais mes repères.

Une semaine plus tard, Emma était là.

13 – La nouvelle vie d'Emma

Elle arriva le samedi, en fin de matinée. Elle n'était pas épaisse, mais alors là, je vis une grande marionnette descendre du train.

Avec ses lunettes de soleil et sa longue silhouette fine, elle était toujours aussi belle.

Noah qui m'avait accompagnée lui prit sa valise et nous rentrâmes à la maison.

Elle ne dit mot. Arrivés chez nous, je l'installais dans sa chambre et l'invitais à nous rejoindre pour déjeuner.

Je ne pus m'empêcher de briser le silence.

— Alors, qu'est-ce que tu racontes ?

— Oh, pas grand-chose, le boulot ça va, j'ai même de nouveaux clients... Elle est incroyable cette crise.

Je la voyais pensive. Que ne nous disait-elle pas ? Ce fut Noah qui posa la question.

— Et tes hommes, ils vont comment ?

— Oh, eux, ils vont certainement partir à l'étranger dès que cela sera possible, répondit-elle songeuse.

— Quoi ? Mais comment ? Ce n'est pas possible actuellement ! m'étais-je exclamée à la fois surprise par la nouvelle et leur possibilité de voyager.

— Mais précise, dis-nous-en plus, reprit Noah.

Elle nous expliqua alors qu'Hugo avait la double nationalité franco-canadienne et que comme une de ses tantes était malade, il allait se rendre à son chevet. David ayant une succursale à Montréal, ils avaient tout fait pour pouvoir partir là-bas.

Elle nous livra cette explication avec détachement.

— Mais, ils vont revenir après, non ?
— Je ne sais pas, je les laisse voir. On a décidé de faire un « *break* » de toute façon.

Voilà, c'était dit : un « *break* ». Quel mot débile pour illustrer une rupture déguisée. Je ne fis aucun commentaire.

Nous bûmes un café et nous décidâmes d'aller faire une petite promenade dans la ville. Après tout, nous étions déconfinés !

En redescendant, Emma me tendit une grosse enveloppe.

— Au fait, tiens, c'est de la part de David et Hugo.

Comme nous allions sortir, je posai l'enveloppe sur la table de la cuisine.

— Qu'est-ce que c'est ?

— Je ne sais pas, surprise de mes hommes.

Je pris ma veste et nous partîmes pour notre balade.

Je ne me lassais jamais d'errer dans ma petite ville de campagne.

Notre sortie dura deux heures et des éclats de rire franchirent à nouveau la porte de ma maison. Emma avait des projets et pensait rester un peu.

J'avais complètement oublié l'enveloppe.

Emma jeta un coup d'œil dans sa direction.

— Tu ne l'ouvres pas ?

— Si, si, mais plus tard quand je serai au calme. Tu veux l'ouvrir avec moi ?

— Non, mais tu me diras s'ils parlent de moi.

La fin de journée arriva. Le piano de Noah retentit dans toute la maison.

— Ça va, ça ne te gêne pas trop ?

— Non, non, ça va.

Je me mis à préparer un dîner léger. Des croque-monsieur et une salade verte. Une glace terminerait ce repas.

Nous mangeâmes toutes les deux, Noah préférait grignoter plus tard. Je remangerais avec lui.

L'iPhone d'Emma vibra, elle le prit et monta dans sa chambre.

14 – Le book

J'en profitai pour tout ranger et comme il n'était pas tard, je me décidai à ouvrir mon courrier.

Je décachetai cette grosse enveloppe. Une sorte de gros catalogue accompagnait une lettre.

C'était un *book* de voyage. En lisant le mot des garçons, je compris que ce que j'avais entre les mains était un vrai travail de professionnels qui les avait certainement occupés durant le confinement, une surprise pour moi.

Hugo et David, chacun à son tour, m'expliquaient en s'excusant qu'ils préféraient partir pour le Canada maintenant, tant qu'ils étaient en pleine forme et motivés.

Ils me précisaient aussi qu'Emma pourrait les rejoindre quand elle le voudrait. Ils soulignaient qu'elle aurait pu partir avec eux sous une autre forme. Ils me louaient les moments que nous avions passés ensemble et le bonheur qu'ils avaient vécu avec Emma. Je sentais qu'ils ne me disaient pas tout, mais que pouvais-je faire ?

Je me mis donc à feuilleter ce superbe cahier. C'était un carnet de voyage. Sur chaque page de gauche, je pouvais lire le rappel de la destination, la capitale du pays ou le lieu « insolite » à ne pas manquer et chose incroyable, un Polaroid avec une ou plusieurs personnes avec leurs coordonnées WhatsApp pour les contacter. Sur la page de droite, il y avait des recettes de cuisine, des spécialités de la région visitée.

Ils avaient réussi à reprendre le circuit de mon tour du monde et l'avaient adapté pour que je puisse le faire quand même, mais autrement.

J'avais des étoiles plein les yeux, je ressentais le sentiment d'un matin de Noël quand la surprise entraîne l'émotion. Ce livre était extraordinaire et magique. Je le feuilletais plusieurs fois, fascinée par les images et la façon dont ils avaient traité mon rêve impossible.

Grâce à eux, mon voyage allait commencer.

Captivée par ma lecture, je n'entendis ni Noah ni Emma se rapprocher de moi.

— Waouh, qu'est-ce que c'est ? s'exclama Noah.

— C'est mon tour du monde en quatre-vingts jours, lui répliquai-je en riant.

— Quoi ?

Cette fois, c'était Emma qui s'étonna.

— Eh bien, voyez vous-mêmes.

Je me fis un plaisir de le leur présenter, l'ayant déjà relu trois fois, je commençais à me sentir une experte des destinations abordées.

Ma bonne humeur était contagieuse.

— Du coup, tu commences quand ? me lança ma fille après avoir pris connaissance du contenu de ce carnet de voyage original.

— Je ne sais pas, je vais y réfléchir.

Noah sourit, ravi de ce nouveau divertissement.

Emma me regarda et me demanda si elle pouvait le faire avec moi, enfin avec nous.

Je me tournai vers Noah qui répondit que pour sa part, cela ne le dérangeait pas si j'étais d'accord.

Je décidai de relire une dernière fois les recommandations d'utilisation, je fermai les yeux et posais mon index sur le planisphère.

Laissant le hasard me guider. Je repris le plan des fuseaux horaires, de manière à ne pas réveiller ceux que j'allais appeler.

Le lieu choisi faisait rêver. Le Kenya. Les premières personnes à contacter étaient Nicolas et Fabia, les propriétaires d'un lodge.

Je fus même un peu fébrile et, l'espace d'un instant, me sentis ridicule de les contacter. Qu'allais-je leur demander ?

Je fis part de ma réflexion à Noah et Emma qui me répondirent qu'il fallait voir ça comme si on prenait des nouvelles d'une famille éloignée et surtout, voir avec eux de quoi ils voulaient nous parler.

— Et puis, tu sais, ce sont des connaissances d'Hugo et David, sois cool et reste toi-même, ça ira.

Je jetai un nouveau regard dans le *book*, comme ils disaient, les photos étaient magnifiques. Il ne m'en fallut pas plus pour prendre mon courage à deux mains et composer le numéro.

Au bout de quelques sonneries, une jolie femme blonde aux yeux bleus me répondit en souriant.

— Bonjour, ici, c'est Fabia, que puis-je faire pour vous ?

15 – Révélation

— Bonjour, moi, c'est Gloria. Je vous contacte sur les recommandations de deux amis, Hugo et David, qui m'ont donné vos coordonnées. J'habite en France et à cause de la Covid, je n'ai pas pu partir faire mon tour du monde. Alors, ils m'ont offert un *book* de voyage à compléter. Votre pays faisait partie de mes choix de destinations… Vous pourriez m'en parler ? M'en dire plus sur vos habitudes, les us et coutumes en vigueur chez vous… Enfin, si vous avez un peu de temps… Je peux vous rappeler plus tard…

— Ah, oui, répondit-elle en souriant, oui, c'est vrai, je me souviens de leur demande, il y a un peu plus d'un mois. Ils vont bien ? Pour le temps, ne vous en faites pas, là, j'ai une heure tranquille. Alors, dites-moi pour les garçons, vous avez des nouvelles ?

— Oui, ils vont bien, je crois, ils sont partis à Montréal.

— Je pense qu'ils ont bien fait ! Ce n'est pas facile de quitter ses habitudes et puis leur vie risquait de trop changer avec l'arrivée d'un bébé.

— Pardon, de quoi parlez-vous ? Il n'y a pas de bébé en route.

Choquée, je jetai un œil à Emma qui ne bronchait pas.

Je proposai à Fabia de la rappeler plus tard avec ma liste de questions.

Elle accepta, surprise, avant de conclure :

— Pardon, je suis désolée. Je pensais que vous le saviez, ils semblaient si proches de vous. Rappelez-moi vers 22 heures, j'aurai tout mon temps.

Je raccrochai, scotchée par la révélation qu'elle venait de me faire.

Je regardai ma fille, attendant un mot de sa part.

— Alors ? Tu as peut-être un truc à me confier ?

— Non, pas vraiment, l'actualité est dépassée, il n'y a pas de bébé, si c'est là la question ?

— Noah, dis quelque chose toi…

— Je n'ai rien à dire, c'est très personnel tout ça…

— Merci ! m'exclamai-je alors.

— Emma, parle-moi ou bien je leur téléphone.

— Appelle-les si tu veux.

— Non, Emma, je souhaite que ce soit toi qui me dises ce qu'il en est.

Au bout de quelques minutes, elle s'assit et nous raconta que durant le confinement, elle était effectivement tombée enceinte. Finalement, elle conclut en soufflant que mère Nature avait bien fait les choses puisqu'il y a deux semaines, elle avait fait une fausse couche et voilà, il n'y avait rien à ajouter.

Je ne pus m'empêcher de la prendre dans mes bras.

— Pourquoi ne m'en as-tu pas parlé ?

— Pour que tu t'emballes, comme les deux autres, à faire des plans sur la comète, à rêver d'un monde idéal ? Non, désolée, je n'étais pas prête. Et plus j'y pense, plus je me rends compte que je ne veux pas d'enfant. C'est pour ça qu'ils ont fui, mes chéris. L'un était super-motivé à devenir père, et l'autre non et la chose plutôt drôle, seul un test ADN aurait pu trancher pour connaître la paternité de mon enfant. Alors vous voyez, là, c'était vraiment trop pour moi. J'ai préféré les laisser partir. J'ai besoin de temps. Tu comprends ? Vous comprenez ?

Elle nous avait déballé le morceau comme ça de but en blanc, mais au moins, c'était dit.

Il me fallait boire un verre.

J'avais besoin d'un alcool fort qui me secouerait l'estomac, histoire de bien me remettre en phase avec la réalité. Je ne fis aucun commentaire, sortis trois verres et mon whisky écossais préféré, celui que je gardais pour les grandes occasions.

À vrai dire, je ne savais plus trop ce qu'était la réalité, ma réalité.

Mon téléphone vibra, un appel WhatsApp était en attente.

En jetant un œil, je vis que c'était Hugo. Je pris l'appel. Je décidai de m'isoler, je souhaitais lui parler en solo.

Après dix minutes d'explications, il se mit à pleurer, me supplia de parler à ma fille, de lui faire comprendre qu'il l'aimait et qu'il serait toujours incomplet sans elle. J'étais émue, jamais je n'avais entendu si belle déclaration d'amour, je restais sans voix. Je ramenai la conversation au merveilleux *book* qu'ils m'avaient offert et lui indiquai que je devais recontacter Fabia le soir même. Il me répondit qu'il le savait, c'est elle qui l'avait appelé pour lui indiquer sa maladresse. Je lui rappelais qu'il n'avait qu'à appeler Emma, il me répondit qu'elle ne prenait plus leurs appels depuis une semaine. Je promis de transmettre le message et le remerciai encore. On se rappellerait.

16 – Voyager dans ma cuisine

Après cette conversation, je revins dans le salon et me servis un deuxième whisky que je bus cul sec. Alors, si j'avais pu me douter…

Je rejoignis mes chers compagnons de maison et enchaînai sur l'appel à Fabia, au Kenya.

En entrant dans la cuisine, j'entendis d'abord de drôles de bruits et je ne me rendis pas tout de suite compte que je n'étais pas seule. En tournant la tête vers mon ordinateur, je sursautai.

Je me trouvais nez à nez avec deux paires d'yeux gigantesques sur l'écran de mon ordinateur.

En fait, Fabia n'avait pas raccroché et j'étais devenue l'attraction de deux girafes. Collées à l'écran, elles m'observaient en mastiquant je ne sais quoi. Lorsque je voulus reprendre la conversation, j'eus droit à une exploration de leurs naseaux. L'écran restait noir, j'étais inquiète.

— Ouh, ouh, Fabia, tu es là ?

— Oui, oui, pardon je suis là. Allez, poussez-vous les girafes. Tu as fait connaissance avec « les filles ». Ça va, tu n'as pas eu trop peur ?

Je lui répondis que non, juste un peu surprise de leur liberté d'accès à Internet… Elle m'expliqua qu'elles évoluaient en liberté sur le domaine.

Nous passâmes une heure à échanger sur la raison qui l'avait poussée à quitter son pays pour l'Afrique. Elle nous parla des éléphants qu'il fallait protéger, des girafes et des Swahilis qui étaient un peuple exemplaire, son bonheur transpirait. Son amour aussi. Elle était tombée amoureuse de l'Afrique grâce à son amoureux, un digne descendant de la terre des safaris.

Pour la petite histoire, il était venu chasser les éléphants et avait finalement choisi de les défendre aujourd'hui. Je trouvais ça extraordinaire.

Nous dûmes nous quitter à regret, elle devait s'occuper de ses hôtes.

Malgré la Covid, des Suisses avaient fait le voyage, motivés par la beauté de cette nature sauvage. Ayant suivi tous les protocoles sanitaires en vigueur, ils étaient là, en pleine forme, prêts eux aussi à réaliser leur rêve. J'étais totalement jalouse.

Il est vrai qu'au départ, j'avais sélectionné ce pays pour les photos et les vidéos que j'aurais pu y faire.

Fabia me proposa de rappeler, avec l'accord des Suisses, depuis leur bivouac. Grâce au satellite, je serais ainsi aux premières loges.

J'acceptai, ravie, et ma petite famille aussi.

Durant les quatre jours qui suivirent, deux fois par jour, nous découvrîmes les joies du bivouac africain.

Bivouac hypermaîtrisé dans un lodge luxueux qui magnifiait leur environnement et la beauté de cette nature sauvage. Je me vis même réaliser quelques plats « kényans » traditionnels pour manger comme eux. Je n'avais pas tout à fait les mêmes ingrédients, mais à l'arrivée, au moment de passer à table, je me surpris à comparer mon « Wali Wa Nazi » avec leur propre repas via le logiciel Zoom et à peu de chose près, c'était le même plat avec des saveurs inconnues de sucré salé que je n'aurais jamais tenté. Imaginez-vous un plat de riz cuit dans du lait de coco et mélangé à des oignons, du cumin, du curry et de la coriandre. Autant dire : une surprise gustative délicieuse. Je découvris d'autres recettes comme l'Irio, le Pilau ou le Matoke, que je réussis à reproduire. Fabia m'envoyait les ingrédients et les Suisses filmaient la préparation des repas pour que je procède à l'identique. C'était hallucinant. Il y avait des odeurs d'Afrique dans ma cuisine et cela me ravissait.

    Je continuais à prendre des nouvelles des girafes, des girafons, des éléphants, mais aussi des singes qui apparaissaient sur mon écran d'ordinateur comme si je parlais à mes voisins.

C'était merveilleux.

Ma cuisine sentait l'ailleurs.

Noah, Emma et moi avions même opté pour une tenue adaptée au safari. Après tout, nos vêtements avaient été préparés dans ma valise depuis plus de deux mois, autant qu'ils servent. Emma s'était simplement habillée d'un bermuda en lin et un tee-shirt blanc. Ce fut une expérience très amusante.

À la fin de la semaine, après deux autres repas partagés, je remerciai tout le monde et pris les coordonnées de nos nouveaux amis que j'invitais à venir chez nous quand ils le voudraient, ils firent de même.

La semaine qui suivit nous amena sur la côte ouest des États-Unis, je découvris enfin la fameuse baie des anges et les lieux mythiques qui avaient bercé mes rêves de jeunesse : San Francisco avec la Lombard street, le Golden Gate, Alcatraz... Nos contacts étaient : John et Marcia, un couple de sexagénaires très sympathiques et plus que des *cameramen* de leur environnement, ils nous ouvrirent leurs cœurs et leur cuisine. Ils avaient travaillé tous les deux dans l'immobilier et avaient rencontré les garçons pendant un *shooting* lors d'un prêt de maison.

Leur gentillesse et leur simplicité étaient incroyables.

Le périple américain dura dix jours. Nous avions adopté le jean, le tee-shirt et découvert les spécialités du coin. Je proposai à Marcia de me donner ses recettes et ses ingrédients et de converser avec elle pendant qu'elle cuisinait. Elle éclata de rire et accepta.

Je découvris donc les spécialités incontournables de la Californie, les plats à base de poisson et les influences hispaniques se firent vite sentir. Après avoir mangé le Cioppino (sorte de soupe de poisson à la tomate), le Sourdough bread (pain croustillant au levain creusé et rempli d'une chaudrée de palourdes), les tacos et les super burritos, sans oublier les recettes spéciales maison de pâtisserie, nous avions pris quatre kilos. Encore une fois, je retrouvais la joie du partage et la gentillesse de ces « inconnus », cette expérience me touchait vraiment.

Nous avions au bout de ces dix jours, récupéré plus d'une vingtaine de contacts et à chaque fois, en les remerciant tous, je lançais la même invitation à venir nous voir en France ou à faire de même pour eux. Bien que ne voyageant pas réellement, nous ressentions déjà une petite fatigue au bout du quinzième jour.

Nous fîmes une petite coupure, après tout, on était restés chez nous.

Nous en profitâmes pour retrouver des amis, Georges et Claudine au restaurant, en ville. Nous restâmes trois heures, attablés, à partager notre aventure. Nous racontions nos exploits comme si nous y étions vraiment allés. Les anecdotes de nos hôtes virtuels ainsi que leurs recettes égayèrent la tablée.

En nous quittant, ils nous demandèrent s'ils pouvaient avoir nos contacts pour voir.

Quelques heures plus tard, mes notifications sonnaient les unes derrière les autres.

En fait, Georges et Claudine avaient dépeint leur soirée à leurs enfants et j'étais en train de recevoir des demandes d'informations via les réseaux sociaux.

J'allais devoir embêter Emma, je n'arrivais plus à couper mon téléphone et il ne s'arrêtait plus.

Je me demandais si je n'aurais pas mieux fait de ne pas en parler.

Je n'avais pas mesuré combien tout le monde rêvait de se dépayser ni combien de personnes avaient dû renoncer à leur voyage.

En cette période de déconfinement, nous rêvions tous de partir, de rompre avec ce quotidien imposé, mais les aéroports restaient fermés et les envies de changement et d'ailleurs ne faisaient qu'augmenter le manque.

Du coup, notre périple intéressait.

17 – Le concept

Nous ne savions pas que nous venions de déclencher une petite révolution. Lorsque les jours suivants ma boîte mail se trouva submergée, je ne compris pas tout de suite ce qui se passait.

Emma, elle, cogitait déjà.

— Mam, je pense que je vais devoir t'aider, on est sur un concept révolutionnaire et les garçons ont fait un super boulot. Mais il va falloir verrouiller tout ça, sinon, on peut dire adieu à la tranquillité.

— Ah bon ! Pourquoi ?

— Nous sommes sur un nouveau produit, sans le vouloir, nous voyageons de chez nous vers les autres habitants du monde, ce n'est pas le bed and breakfast, mais l'avènement du Home travelling. « Je viens chez toi en restant chez moi ». Tu vois la vie quotidienne d'un Africain, d'un Américain, d'un Japonais, d'un Australien, comme ça à portée de clics, tu visites sa ville, tu découvres les lieux insolites, tu rencontres ses amis et en plus, tu découvres leurs petits secrets d'habitants, leurs recettes, c'est trop dingue.

Emma réfléchissait à voix haute, emballée.

Elle conclut d'un simple :

— Je vais appeler les garçons.

Toute la lourdeur des derniers mois semblait s'être envolée. J'étais si heureuse de la revoir pleine d'entrain.

Je lui rappelais que j'avais appelé Hugo chaque semaine depuis notre début de voyage. Il était ravi que cela nous enchante, il avait demandé à chaque fois des nouvelles d'Emma et je lui avais répondu qu'elle était enjouée.

Emma resta d'abord deux heures en conversation, seule avec Hugo puis avec David. Elle nous invita à la rejoindre. Noah et moi ne comprenions pas trop ce qu'il se passait.

En très peu de temps, ils nous expliquèrent qu'ils allaient commercialiser et professionnaliser un peu tout ça. Ils nous invitaient à aller au bout du voyage, du *book* en fait.

Ils nous proposaient d'être des « bêtatesteurs ». Nous étions les cobayes grandeur nature d'un nouveau concept.

Nous acceptâmes, je n'aurais renoncé pour rien au monde à ces superbes destinations et à la rencontre de tous ces gens qui me souriaient.

J'avais retrouvé la pêche et il me tardait de continuer mon périple.

Je repris donc le cours du voyage.

Les semaines qui suivirent, nous nous promenâmes sur une plage à Hawaï, puis vîmes un magnifique coucher de soleil à la Barbade, au Mexique, en Argentine, au Brésil, dans les îles Grenadines.

C'était comme si notre curiosité était devenue un être humain, de plus en plus avide de nouveautés, de rencontres. Gloutonne.

Nous changeâmes de côté du globe : Australie, Nouvelle-Zélande, Indonésie, Malaisie, Maldives, Polynésie, Thaïlande.

Nous commencions à mélanger des lieux, nous en fîmes la remarque à nos « boss ». Il fallait faire une pause.

Nous nous étions mis en retrait de nos propres vies. Noah, inspiré par les voyages et les gens qu'ils rencontraient, écrivait quatre heures par jour, de manière fluide. Son opéra avançait.

Emma bordait les contacts et les destinations avec des contrats qui permettaient à chacun de choisir son temps de connexion avec les « touristes » ne souhaitant pas les rendre « esclaves » du numérique. À chaque fin de visite, elle créait des fiches d'amélioration, des options. Elle travaillait durement et ne regrettait pas de s'être « autonomisée » comme elle disait. Elle échangeait maintenant quotidiennement avec le Canada.

Le Canada, que nous ne découvrîmes que dans les dernières pages.

Deux mois et demi que nous étions partis en restant dans notre cuisine, toute notre vie avait changé.

Nous avions retrouvé des rêves, des projets.

Je ne pouvais m'empêcher de me dire que je ne pourrais pas m'arrêter là. Je ne pouvais me résoudre à me contenter de cet album.

Je voulais aller partout où il serait possible de se connecter. Je voulais encore ouvrir cette immense fenêtre sur le monde dont je n'avais pris conscience que tardivement.

Bien sûr je n'attendais qu'une chose, reprendre l'avion pour aller quelque part. N'importe où. Je savais maintenant que plus que le dépaysement et l'exotisme, j'aimais vraiment notre planète et ceux qui la peuplaient.

Le plus drôle, c'est que bien que ne m'y étant pas rendue réellement, mes ambassadeurs avaient été si proches que je connaissais des petits détails qui rendaient vraiment le voyage réel.

Par exemple, quand nous étions allés en Turquie, Gamze, notre contact, nous avait fait découvrir un petit restaurant que son oncle tenait à Kusadasi. Nous découvrîmes quelques jours plus tard que ce restaurant était en réalité un lieu très huppé. Gamze nous avait fait rencontrer le patron, son oncle Mehmet, et celui-ci nous avait montré la préparation d'une de ses spécialités dans sa propre cuisine (le Gôzleme, des pains farcis aux épinards et à la viande), autant dire un secret de star.

Je me rendais compte que même si nous avions été là-bas, les portes ne se seraient jamais ouvertes aussi vite.

À la suite de ces « exclusivités », nos *followers* explosèrent. Nous atteignions maintenant les dix mille vues quotidiennes.

Ils avaient raison, Emma, Hugo et David, ils avaient vraiment trouvé un nouveau concept.

Je me levais chaque jour, impatiente de rencontrer de nouvelles personnes. Lorsque je coupais le téléphone, mon cerveau en ébullition était difficile à calmer.

Peu à peu, je me mis à trouver des ressemblances de paysages et des ressemblances physiques entre mes interlocuteurs.

J'étais fascinée.

18 – L'arroseur arrosé

À côté de cela, la pandémie était toujours là et je me rendais bien compte que même si nous pouvions de nouveau « re-voyager », les risques étaient encore importants, surtout pour moi avec mes antécédents cardiaques.

Il se passa alors quelque chose d'inattendu qui transforma ma vie.

Un lendemain de pleine lune, je reçus une demande de connexion pour visiter ma ville, elle venait des îles San Juan (situées au nord-ouest des États-Unis).

Je me retrouvais « ambassadrice » d'un jour pour le plus grand bonheur de Sharon et de sa famille qui était en pleine visite de « le France » comme elle disait. Elle avait eu mon numéro par une amie qui nous avait accueillis quelques semaines plus tôt à l'île du Cap-Breton au Canada. Elle voulait que je lui fasse découvrir mon environnement et mes petits secrets. Entre nous, je découvrais des endroits inconnus, comme ces îles magiques qui me faisaient penser à la fois à la Bretagne et à la Corse, avec aussi un petit air britannique. Lucy, son amie, nous avait fait découvrir des endroits et des plats extraordinaires. Nous n'avions pas pu réaliser la recette de homard qu'elle nous avait présenté, mais promettions de le faire dès que cela serait la saison.

Je fis donc visiter la ville à Sharon, lui montrai nos bons vins et lui partageai en live ma recette familiale de tarte aux pommes.

Elle fut ravie.

Je ne pus m'empêcher de sourire en me disant que oui, vraiment le monde était petit. J'étais transformée, je me mis même à proposer des options « lifestyle » à mes deux patrons avec des recettes de cuisine faciles et « déco récup » avec trucs et astuces d'ici. Cela les emballa.

Malgré cette Covid, mon existence me semblait utile. Partager, montrer notre vie à d'autres habitants lointains me plaisait énormément. En moins de six mois, j'avais eu plus de mille contacts directs et je connaissais maintenant des personnes sur chaque continent. Je n'aurais jamais cru cela possible aussi rapidement. Grâce à un album, aux connaissances des uns et des autres, je vivais chaque jour avec d'autres terriens connectés.

Je me demandais si cela n'était pas un peu fou. En voyant le plaisir que nous avions tous à partager un moment de nos vies ensemble, je ne pouvais que me dire que c'était le plus beau cadeau que j'avais jamais reçu.

Lorsque je sortais de chez moi, je savourais tout ce qui m'entourait. J'avais l'impression de revivre, plutôt de renaître. Encore une fois.

Je m'attelais aussi à chercher des endroits insolites dans ma ville pour les faire découvrir à mes « invités virtuels ».

Je demandais à mes amis restaurateurs s'ils me permettraient de venir les interviewer en direct avec des Américains ou des Japonais.

J'abordais les commerçants du marché pour qu'ils présentent leurs produits. Imaginez-vous les Américains dans une bergerie, ils étaient fascinés par les brebis. Je retombais en enfance. L'expérience leur plaisait. Et tout se déroulait si facilement.

Je repensais aussi à tout ce que j'avais découvert depuis moins de six mois. Je revoyais les plages blanches que je n'avais jamais approchées et pourtant, j'étais maintenant capable de faire la différence entre les différents bruits des vagues du monde.

19 – Un nouveau départ

Emma était de plus en plus occupée, aussi, elle me demanda de l'aider à répondre aux demandes de renseignements qui arrivaient par mail.

Je me mis donc à écrire à des inconnus durant environ quatre heures par jour.

À ma grande surprise, ce qui me semblait fastidieux et répétitif au départ me plut beaucoup.

Après la première semaine, je me surpris à acheter un magnifique cahier et un beau stylo-feutre chez mon libraire.

Et devinez quoi ? Je me mis à écrire.

Après avoir répondu à des centaines de mails par jour, je me mis à écrire quelques tranches de vie qui m'avaient touchée dans ce joli cahier.

Il y avait tant de personnes qui avaient dû annuler leurs voyages, le rêve de leur vie pour certains, comme moi. Chacun mettant dans sa destination un point d'aboutissement de quelque chose, un objectif pour tenir dans la vie ou face à la maladie. C'était comme si nos voyages annulés à cause de cette pandémie avaient remis le curseur de la valeur de nos vies à sa place.
À hauteur d'hommes.

J'étais ravie de faire partie de cette aventure et d'apporter à toutes ces personnes la joie du voyage immobile.
J'avais ainsi consigné des anecdotes, des réflexions, des remerciements d'internautes.
Ce fut Emma qui tomba dessus, elle me dit simplement qu'il était « sympa » mon cahier et que je devais le partager.

Bien sûr, ayant abordé ce sujet au repas, Noah voulut le voir.

Lui aussi m'invita à le peaufiner et à en faire un recueil.

Je me mis donc à égayer mes écrits avec des photos ou des illustrations et finalement, je réalisais moi aussi mon carnet de voyage.

Cela donnait un genre d'album de scrapbooking amélioré. Après avoir beaucoup hésité, j'acceptai de livrer mon cahier.

Emma s'occupa de le transmettre à des professionnels qui le transformèrent en ebook gratuit, offert à nos clients.

J'allais de surprise en surprise. Jamais je n'aurais imaginé ça, un an plus tôt.

Je réalisais alors tout ce qui s'était passé et compte tenu de la situation, je me dis que la vie était sacrément surprenante.

Parallèlement à ça, les garçons me proposèrent d'intégrer leur société en tant qu'associée avec des parts et tout et tout. J'acceptai.

Incroyable. Tout ça était incroyable.

Autre chose encore plus incroyable, je travaillais à nouveau.

Moi qui m'étais éloignée du monde des actifs, j'y étais revenue sans m'en apercevoir. Je me disais que c'était différent.

Cette discussion fit rire ma fille et les garçons, ils me plaignaient de ne jamais avoir connu ça avant.

Je repensais à la célèbre citation, « Faites quelque chose qui vous passionne et pas un jour ne vous semblera travaillé. » C'était vrai.

Je vérifiais désormais cela chaque jour.

Je participais aux réunions du lundi avec Hugo, David et Emma, ce qui nous permettait de nous exprimer sur les points importants et les évolutions à apporter. Emma faisait part des statistiques et cela donnait le vertige. La progression avait été fulgurante et bien que l'été se terminât, les chiffres continuaient à monter en flèche.

Pour ma part, j'avais de plus en plus de demandes et je commençais à mettre en place des critères que tous appréciaient. Des critères de motivation des ambassadeurs. N'ayant pas de vrai système de rémunération, les échanges de contacts étaient mis en avant.

Une branche se développa auprès des restaurateurs, et mes boulangers français battirent tous les records. Le monde voulait voir comment les Français faisaient le pain. Beaucoup d'échanges se firent autour des spécialités de chaque pays. Il existait désormais une recette différente du monde pour chaque jour de l'année.

Je leur offrais le monde dans leur cuisine. Cela me fit sourire.

Les garçons adorèrent.

20 – L'opéra

Je ne dormais plus que six heures par nuit. Mon agenda était plein jusqu'à la fin de l'année.

Heureusement que pour Noah, tout s'était également accéléré.

Après le prix des artistes de l'année pour lequel il avait été contacté, le théâtre du Capitole à Toulouse lui fit une nouvelle proposition.

Le directeur lui demanda de lancer les répétitions à distance dès la fin de l'été pour une représentation durant les fêtes de Noël.

Ce qui fut le plus drôle, c'est que Noah proposa à l'orchestre de faire des vidéos des répétitions et de le proposer via le programme « Home Travelling ».

La direction accepta, lançant en même temps une billetterie virtuelle sur le site du Théâtre du Capitole.

La boucle était bouclée, nous étions maintenant tous liés à ce drôle de concept.

Ce qui fut encore plus fou, c'était le nombre de musiciens qui souhaitait avoir le contact de Noah. Du coup, il y eut encore plus de connexions dans la maison. Son opéra s'appelait Phénicia.

C'était vraiment incroyable.

Nous entrions dans un tourbillon, mais j'avais choisi depuis longtemps de ne plus réfléchir et de vivre en me laissant emporter.

Quand le téléphone fixe se mit à sonner, nous nous regardâmes tous les deux, surpris. Qui pouvait nous appeler sur ce numéro que plus personne n'utilisait. En décrochant, je me rendis compte que j'avais oublié mon amie de toujours, il n'y avait qu'elle pour nous contacter par ce biais.

Mélanie, c'était bien elle.

Mélanie, occupée elle aussi, avait perdu son portable, le seul numéro dont elle se souvenait pour nous joindre était notre fixe.

Elle m'appelait pour savoir si elle pouvait passer en revenant de chez son frère. Décidément, Mélanie ne changeait pas, fidèle à ses habitudes, elle faisait son tour de déconfinement comme elle disait.

Je lui répondis avec plaisir tout en lui indiquant qu'elle allait être surprise tant j'avais de choses à lui raconter.

Le dimanche soir suivant, elle était là. Elle fut d'abord étonnée de me voir si occupée. Je l'installais dans l'une des chambres d'amies et lui confiai Félix.

— Je te laisse t'installer, on se retrouve dans dix minutes à la cuisine.

— Oui, oui, t'en fais pas, je connais la maison.

Quelques minutes plus tard, nous étions attablées dans la cuisine, à manger une escalope milanaise accompagnée d'un verre de vin rouge.

Noah pianotait. Emma aussi.

Mélanie s'exclama qu'elle n'avait jamais mangé une viande aussi bonne.

Normal, je tenais la recette de Paola, ma copine milanaise.

— Tu as une copine italienne, toi ? Mais depuis quand ?

Prenant une grande inspiration, je me mis à lui raconter tout ce qui était arrivé depuis mars 2020.

Je lui donnais des nouvelles d'Emma, qui après sa fausse couche et sa séparation des garçons, était aujourd'hui très heureuse à distance avec eux. Elle avait emménagé avec nous dans sa cabane au fond de notre jardin et était heureuse, alors, je l'étais aussi.

Elle reprendrait sa chambre en hiver si elle restait.

Les affaires marchaient très fort et ils étaient en train de devenir millionnaires. Je devais aussi lui annoncer que je faisais maintenant partie de l'équipe et que je travaillais. Le concept qu'ils avaient créé avait séduit la planète.

Noah, lui, peaufinait son opéra. Il avait reçu des propositions de la part du ministère de la Culture.

Il faisait maintenant partie des artistes reconnus comme ayant réalisé une œuvre majeure durant la crise de la Covid.

Des reportages étaient prévus. Il était heureux.

En racontant tout cela à Mélanie, je ne pus m'empêcher de penser que tout ça, était extraordinaire.

Mélanie, un peu surprise, me dit alors que j'avais de la chance.

Je lui répondis que oui, c'était vrai, j'avais beaucoup de chance de l'avoir, elle, mon amie de toujours, à mes côtés, pour partager tout ça.

Je sortis alors un paquet de mon placard et le lui remis.

Elle l'ouvrit, encore étonnée.

Je décidai de trinquer au champagne pour fêter nos retrouvailles et son cadeau.

Elle sourit et déposa sur la table ce que je venais de lui offrir.

— Toi alors ! s'esclaffa-t-elle. Tu es incroyable ! Merci.

Ce cadeau était la copie du « book » que j'avais reçu moi-même et qui avait changé ma vie. Mélanie était ravie.

— À toi maintenant ! lui dis-je en souriant.

Épilogue

Un mois plus tard, rassemblées à l'aéroport de Roissy, six personnes s'envolaient pour un grand voyage. Une reprise partielle des vols vers les destinations de mon tour du monde avait lieu. Grâce à nos réussites, j'eus alors le bonheur de partir avec toute ma petite tribu, de rencontrer quelques-uns de mes interlocuteurs et de les remercier de vive voix. À chaque fois que je découvrais un nouveau pays, je pensais à Luc et mon visage rayonnait.

J'avais réalisé ma promesse d'enfant, j'étais la plus heureuse du monde.

Le concept du carnet de voyage immobile fut commercialisé et fut un best-seller.

Au bout de six mois, Noah, Emma et moi décidâmes de vivre entre deux pays et je vous écris aujourd'hui de Montréal.

Les mots de l'Auteure

Alors, pour terminer, je n'ai qu'un conseil à vous donner : croyez en vos rêves, toujours.

Tout est possible.

Si vous souhaitez faire votre voyage immobile, prenez un carnet et commencez.

Besoin d'un support ?

Vous trouverez « Mon carnet de voyage » en format à spirales sur toutes les plateformes libraires.
Je l'ai créé pour vous.

Notes sur l'Auteure

Jeune « quinqua », Gwenn Grail vit à la campagne dans le sud de la France, amoureuse des beaux paysages et des voyages, c'est une bonne vivante.

Passionnée par la lecture et l'écriture, elle tient son journal et rédige des « histoires » depuis l'âge de sept ans.

C'est une « enfant de la télé », « la petite maison dans la prairie » est sa « madeleine de Proust. »

Après l'écriture (elle a toujours un livre ou un carnet dans son sac) elle adore les endroits insolites, les bons moments entre amis, en quatre mots : profiter de la vie. Elle écrit depuis longtemps, mais n'a jamais osé franchir le pas de la publication. Toujours inspirée, de nombreux récits plus ou moins aboutis dorment dans ses tiroirs.

Durant la pandémie, elle décide de créer des carnets pratiques pour le plaisir, après son travail. Elle devient auto-éditrice de carnets « médium et low content » sur Amazon et propose plus d'une centaine de carnets durant l'année 2021. Elle choisit après avoir suivi plusieurs Masterclass d'écrivains et des conseils avisés d'auteures, de se faire accompagner par des « mentors » pour réaliser une publication professionnelle de ses écrits. Sa préférence va aux récits « feel-good » où les personnages pourraient être vos voisins. Son univers est peuplé des plus beaux endroits du monde, sa terrasse comprise.

« Mon voyage immobile ou comment le monde se retrouva dans ma cuisine » est sa première nouvelle.

Vous en voulez plus ? Découvrez une nouvelle inédite de Gwenn Grail en rejoigannt le Club des Voyageuses immobiles :

http://eepurl.com/hXhcIb

Retrouvez aussi Gwenn Grail sur les réseaux !

Facebook :
https://www.facebook.com/gwenngrail.auteure

Instagram :
https://www.instagram.com/gwenngrail/

Remerciements

Ce premier récit n'aurait jamais vu le jour sans toute une tribu de femmes qui m'a soutenue, encouragée, lue et permis de m'améliorer durant tout le processus.

Je tiens donc à remercier mes sœurs : Yvelise, première lectrice et Cécile, créatrice de magnifiques livres de photos qui m'ont inspirée.

Marie-Hélène, mon amie de toujours qui me lit, me soutient et m'encourage depuis qu'elle me connaît.

Alexia Simonot, ma marraine de cœur qui œuvre chaque jour pour l'entrepreneuriat au féminin et le réseautage.

Mes fées « magiciennes » sans qui ce projet n'aurait pas vu le jour : Julie Huleux, Success coach pour romancières, ma première fée qui m'a menée vers Carole Laborde-Sylvain, Accompagnatrice de Talents, ma deuxième fée qui m'a conduite à Charlie, cover artist chez Dragonfly Design, la non moins importante, troisième fée.

Je remercie aussi tous mes amis à qui j'ai parlé du projet et qui l'ont accueilli avec de beaux sourires d'encouragement.

À mes « Claude » qui me soutiennent inconditionnellement.

À Lisa, ma fille, pour sa patience, sa bienveillance et son assistance en tant que « digital brand manager » dans cette nouvelle aventure.

Je termine bien sûr par ma maman, Maryannick, qui m'a transmis l'amour de la lecture et de l'écriture.